Le voyage en Torpédo

Pierre Tamboise est né en 1931. Après des études de philosophie, il débute comme auteur dramatique. Aujourd'hui, il collabore avec l'édition, le cinéma, la télévision. Protecteur de l'environnement, il aime créer ou restaurer parcs et jardins, et parcourir la région des Pyrénées, où il vit, à l'écoute de la nature.

Véronique Cau est née en 1948 à Toulon. Elle a fait ses études artistiques à l'École des métiers d'art, puis est devenue maquettiste à *Lisette*. Elle habite aujourd'hui à Cherbourg avec son mari pédiatre, leurs trois enfants, une chatte et deux poissons rouges. Elle partage son temps entre l'écriture et le dessin. Ses albums ont été publiés chez Grasset, Hachette, Gallimard, Casterman, Centurion et Bayard Presse.

Du même illustrateur dans Bayard Poche :
C'est la vie Julie - Le géant enseveli (J'aime lire)

© Bayard Éditions, 1991
Bayard Éditions est une marque
du Département Livre de Bayard Presse
ISBN 2.227.72223.1

Le voyage en Torpédo

**Une histoire écrite par Pierre Tamboise
illustrée par Véronique Cau**

BAYARD ÉDITIONS

La voiture du roi Dagobert

Quand on demandait à Grand-père ce que c'était comme voiture, il répondait avec fierté :
– C'est une Torpédo-grand-luxe-huit-cylindres-en-ligne-et-cent-chevaux-vapeur !
Pour Paul et Perrine, c'était tout simplement la plus belle auto du monde. Son capot était long, long, long ! Tout au bout, il y avait un ange d'argent perché sur le bouchon du radiateur.
A l'intérieur, ça sentait bon le cuir et l'essence. Les banquettes pouvaient accueillir six personnes, et quand on abaissait les strapontins, ça faisait trois places de plus.

Oui, la Torpédo était bien la plus belle auto du monde. Seulement voilà, elle avait un défaut : elle ne roulait qu'en marche arrière. Grand-père disait aux enfants :
– C'est parce qu'elle est très vieille ! Et autrefois, tout marchait à l'envers. Les chevaux galopaient la queue en avant, les locomotives poussaient les wagons...

Grand-mère se fâchait :
– Arrête de dire des bêtises, Léon !

Et elle racontait à Paul et à Perrine ce qui s'était passé :
– Autrefois, mes enfants, cette voiture marchait dans le bon sens. Grand-père était médecin et il s'en servait pour faire ses

visites. Mais un jour, en sortant du jardin, il s'est énervé sur le changement de vitesse. Il y a eu un grand crac, et la Torpédo n'a plus jamais voulu repartir en avant. Alors Grand-père a pris sa retraite, et il s'est acheté un vélo.

Pour faire plaisir aux enfants, Grand-père avait ressorti la Torpédo de son garage. Tous les dimanches, il lui faisait faire un tour de pelouse. C'était une grande attraction familiale. Grand-mère et les parents de Paul et Perrine y assistaient du haut du perron.

Grand-père klaxonnait :
– Heurr ! Heurr !

Paul et Perrine grimpaient à côté de lui et la voiture partait lentement à reculons.

Grand-père conduisait sans tourner la tête, car il avait installé une dizaine de rétroviseurs sur le pare-brise. Et il entonnait sa chanson préférée, *Le Roi Dagobert*, qu'il chantait à l'envers. Ça donnait :

— Bergoda roi bon le, verlan a lottecu sa mi a ! Loi é saint bon le, roi mon ho dit lui, télocu mal est téjesma tre vo !

C'était affreux, mais Paul avait un truc pour le faire taire. Il criait :

— Grand-père ! Tu te souviens que tu nous

as promis de nous emmener à Saint-Malo au bord de la mer, en Torpédo ?

C'était radical, Grand-père s'arrêtait de chanter. Il faisait « kreup, kreup » en toussant, et « moui, moui » d'un air gêné.
– Moui... Nous irons à Saint-Malo, mais seulement si vous rapportez dix bonnes notes dans vos cahiers !
– C'est sûr, disait Perrine. Mais n'oublie pas ta promesse. Ce qui est dit est dit, tricheur sera puni.
– Ce qui est dû est dû, ajoutait Paul. Menteur sera pendu !

Interdit de partir !

De la maison jusqu'à Saint-Malo, il y avait bien cent kilomètres. Et faire cent kilomètres en marche arrière, c'était autre chose qu'un tour de pelouse ! Grand-père regrettait d'avoir promis ce voyage. Il s'était dit : « La seule façon d'y couper, c'est d'empêcher Paul et Perrine d'avoir de bonnes notes en classe. »

Alors il inventait des ruses pour leur faire manquer l'école, mais ça ne marchait pas souvent. Tous les soirs, il entrait dans leur chambre en criant :
– Qui veut jouer aux cartes avec moi ?... Une balade à vélo, ça ne vous dit rien ?... Et si je vous emmenais au cinéma ?

Paul et Perrine répondaient sévèrement :
– Vas-y tout seul, Grand-père, tu vois bien qu'on a du travail.

Leurs parents étaient ravis, évidemment ils ne savaient rien. Et un beau jour de juin, ce que redoutait Grand-père arriva. Paul et Perrine sortirent de leurs cartables des cahiers bourrés de bonnes notes, de très bien, de félicitations.

Grand-père fit « kreup... kreup », et s'enfonça dans son fauteuil.

– Alors, dit Paul, quand est-ce que nous partons à Saint-Malo en Torpédo ?
– Qu'est-ce que c'est que cette histoire ? demanda Grand-mère.

Grand-père fut obligé de tout avouer.
– Moui... J'ai promis que je les emmènerais s'ils avaient de bonnes notes dans leurs cahiers... Je dois tenir ma parole.
– C'est ri-di-cu-le ! s'écrièrent ensemble Grand-mère et les parents de Paul et Perrine.

– Tu es tombé sur la tête ! On n'a pas le droit de rouler en marche arrière sur les routes ! Et puis ta voiture ne tiendrait pas le coup, ce n'est qu'une vieille carcasse !

Grand-père murmura :
– Je pourrais rouler de nuit, pour échapper aux gendarmes, je mettrais des phares à l'arrière pour faire croire que c'est l'avant…
Mais les trois autres étaient inébranlables. Ils répétaient :
– C'est ri-di-cu-le ! Vous ne partirez pas, un point c'est tout.

Paul et Perrine avaient les larmes aux yeux. Pour les consoler, Grand-père leur proposa trois tours de pelouse.

Il y avait plein de soleil au jardin, et les pissenlits faisaient des étoiles sur l'herbe. La Torpédo resplendissait. Son moteur tournait avec un bruit soyeux.
– Oh ! Grand-père, soupira Paul, si nous partions là, tous les trois, sans rien dire ?
– Moui… Mais tu sais bien que c'est impossible.

Chaque fois que la voiture passait devant la grille du jardin, elle frissonnait.
– Elle a envie de s'en aller, dit Perrine. J'entends son cœur qui bat, tu crois qu'elle est vivante, Grand-père ?
– Je n'en sais rien, mais en tout cas, elle est maligne !

Grand-père essayait d'avoir l'air gai, mais il n'avait même pas le cœur à chanter son roi Dagobert à l'envers.

Quand le triple tour de pelouse fut terminé, Paul sauta de la voiture et s'approcha du capot. Il aimait entendre le moteur s'arrêter avec sa façon de rouspéter quand on lui coupait l'essence. Ça faisait :
– Bleum bleubleum ! Félégé-félégaré, cli, cli, cli... pchip !
Cette fois, le bruit était plus précis que d'habitude.
– Écoute ! dit Paul à sa sœur. On dirait que le moteur essaie de nous parler !
– C'est vrai, dit Perrine, ça ressemble à un message. Mais comment le déchiffrer ?

La guerre des nerfs

Le soir, dans leur chambre, les enfants continuèrent à parler du message. Paul se rappelait tous les bruits du moteur.
– Voyons, murmura-t-il. « Cli-cli-cli » ce n'est rien, ça le fait tout le temps. « Pchip » c'est de la colère. « Félégé » ne veut rien dire. Mais « féléragé » ?... Bon sang, Perrine. J'ai trouvé ! La voiture nous dit « fais-les rager » ! Oui, oui, si nous faisons assez de bêtises, si nous faisons enrager nos parents, ils céderont et ils nous permettront d'aller à la mer en Torpédo avec Grand-père.
– C'est ça ! dit Perrine avec enthousiasme. Faisons-les rager !

La première dispute eut lieu le lendemain même dans la salle à manger.
— Donnez-moi vos assiettes, les enfants ! demanda Grand-mère d'un ton aimable.

Paul et Perrine restèrent immobiles et muets. Leur mère se fâcha :
— Grand-mère vous parle !... Eh bien, vous avez entendu ? Vous boudez ou quoi ?
— Ils ont perdu leur langue ! dit Grand-mère.

Aussitôt, pour lui montrer qu'elle se trompait, Paul et Perrine firent une grimace avec toute la langue dehors.
– Ma parole, ils se fichent de nous ! dit le père. Sortez de table immédiatement !
Paul et Perrine s'en allèrent en frappant des pieds et en scandant :
– Saint-Malo, Saint-Malo, Saint-Malo !
Tout le monde comprit ce que ça voulait dire. Grand-père rougit, et se fit petit sur sa chaise.

Le soir, Perrine cassa trois assiettes en mettant le couvert. Paul remplit la salière de sucre. Ils déclarèrent tous les deux que le gratin était du crottin, et ils montèrent dans leur chambre en criant :
– A la mer, à la mer, à la mer !

Cette petite guerre dura bien trois jours. Entre deux bêtises, Paul et Perrine écrivaient des phrases bizarres dans le sable des allées. Ainsi, on pouvait lire devant l'entrée « pétomerlavecpèrenal leragrando ».

– Qu'est-ce que ça veut dire ? demanda Grand-mère, effrayée.

Paul et Perrine pointèrent les syllabes pour les remettre dans l'ordre : « Aller à la mer avec Grand-père en Torpédo ! »

– Vous êtes des insolents ! cria Grand-mère en piétinant rageusement les mots.

Elle était à bout de nerfs. Quant aux parents, ils commençaient à se disputer.

– C'est de ta faute si les enfants sont mal élevés !

– C'est de la tienne ! Tu n'as aucune autorité !

Un soir, le père essaya d'être gentil.
– Demain, dit-il à Paul, c'est ton anniversaire. Je veux t'offrir un cadeau. Qu'est-ce qui te ferait plaisir ?
– Je peux vraiment le dire ? demanda Paul.

– Oui, mon chéri.
– Eh bien, je veux aller à la mer en Torpédo, comme Grand-père nous l'a promis.

Les parents et Grand-mère se regardèrent avec des têtes d'enterrement. Soudain, Grand-père donna un coup de poing sur la table. Il se leva et dit :
– Paul a raison, ce qui est dit est dit ! Je les emmène à la mer.

Grand-mère soupira :
– Oh, et puis zut ! Allez où vous voudrez, au moins le cauchemar sera terminé.

Les parents furent du même avis, et Paul et Perrine sautèrent de joie :
– On a gagné !

Le grand départ

Le lendemain, la maison bourdonnait comme une ruche. Paul, Perrine et Grand-père couraient partout. Ils rassemblaient leurs affaires près de la Torpédo.

Grand-père avait ouvert le coffre énorme de la voiture. Comme un prestidigitateur, il en sortait une multitude de mallettes, de valises, de boîtes. Tous ces bagages avaient été faits sur mesure pour s'ajuster à la façon d'un puzzle.

– Remplissez-les, disait Grand-père aux enfants, et je les rangerai moi-même dans le coffre. C'est très compliqué, à la moindre erreur on ne peut plus rabattre le couvercle.

Grand-mère et les parents s'étaient juré de les laisser se débrouiller seuls. Mais Grand-mère ne put s'empêcher de préparer un panier de pique-nique. Elle le donna à Grand-père en bougonnant :

— Mon cher Léon, comme d'habitude, tu oublies l'essentiel.

La mère apporta une trousse à pharmacie :

— Tiens, prends ça aussi. On ne sait jamais, ça peut servir.

Perrine s'affairait à l'arrière de la Torpédo. Elle avait installé le berceau de sa poupée sur un strapontin. Sur un autre, elle avait placé sa cuisinière, ses casseroles miniatures et sa dînette.

Avant le départ, les voyageurs se réunirent autour d'une carte de la région que Grand-père avait étalée sur la pelouse. Ils cherchèrent tous les chemins par où on pouvait passer sans rencontrer de voitures.

Enfin, tout fut prêt. Grand-père mit le moteur en marche.

Grand-mère agita son foulard, et les parents lancèrent en riant :
– Bon voyage ! Et à tout à l'heure... Ou à ce soir, si vous préférez !

Ils étaient persuadés que la Torpédo n'irait pas loin, mais elle démarra sans aucune secousse, majestueusement, comme pour se moquer d'eux. Elle franchit la grille du jardin et s'engagea sur la route en marche arrière.

Pendant la traversée du village, des enfants les suivirent en courant : ils

agitaient des drapeaux de papier qu'on avait distribués la veille pour une course de vélo. Derrière l'église, la Torpédo prit un chemin de terre et se retrouva dans la campagne. Alors, Grand-père entonna sa terrible chanson :

– Bergoda roi bon le, verlan a lottecu sa mi a. Loi é saint bon le...

– Dis, Grand-père ! Est-ce qu'on a assez d'essence ? demanda Paul.

– Ne t'en fais pas, mon gars ! On a de quoi aller jusqu'à Saint-Malo et revenir.

Docteur Grand-père

Au milieu des blés, la carrosserie semblait flotter comme un bateau sur une mer en or. Malheureusement, ce bateau devenait de plus en plus difficile à diriger.

Les rétroviseurs se couvraient de poussière, et Grand-père avait du mal à suivre sa route. A genoux sur la banquette arrière, Paul et Perrine essayaient de l'aider :
– Attention, un trou sur la gauche !
– Une ornière à droite !
– Une bosse au milieu !
– Stop ! Un lapin qui traverse !
Grand-père donnait des coups de frein

brusques qui secouaient la voiture et faisaient valser les jouets de Perrine.

Au bout d'un certain temps, il y eut un problème plus inquiétant : ça sentait le brûlé, et impossible de savoir d'où venait l'odeur.

— Ce sont peut-être les freins ? dit Perrine en reniflant dans tous les coins.

Grand-père inspecta la Torpédo, mais il reprit le volant en déclarant :
— Ce n'est rien, juste un caprice ! N'y faisons pas attention.

Pour se donner du courage, il se remit à chanter le roi Dagobert à l'envers. Ça

n'arrangeait pas les choses. L'odeur devenait de plus en plus forte et angoissante. Enfin, après avoir grimpé une côte, Grand-père s'arrêta en catastrophe : une fumée noire se faufilait à travers le plancher, juste à l'endroit du changement de vitesse.
– Aïe ! Cette fois, c'est la panne ! Vite, Paul, passe-moi le panier de pique-nique !

Grand-père déboucha une bouteille d'eau minérale, il éteignit le début d'incendie. Puis il considéra les dégâts en se raclant la gorge.

— Qu'est-ce qu'on va faire ? demanda Paul au bout d'un moment.
— Kreup... Kreup... je ne sais pas, dit Grand-père. Je ne suis pas mécanicien.
— Mais tu étais docteur, autrefois ? dit Perrine.
— Moui... moui...
— Alors, on n'a qu'à dire que la Torpédo est malade et qu'il faut la soigner.

— Moui... C'est une idée.
Grand-père hésita, puis il sortit de la voiture. Il prit dans le coffre sa boîte à outils.

— D'accord, les enfants ! Nous allons opérer cette vieille dame... Vous serez mes assistants. Perrine ! Sors la nappe blanche que Grand-mère a mise dans le panier de pique-nique. Et toi, Paul, tiens-toi prêt à me passer mes outils.

Il retroussa ses manches et se glissa sous la Torpédo.

— Bon sang, où est-elle, cette boîte de vitesses ? Ah ! la voilà, je vais la démonter. Paul, le tournevis, s'il te plaît !

En avant, toute !

A quatre pattes près de la voiture, les enfants suivaient l'opération. Grand-père passait à Perrine toutes sortes de pièces métalliques. Elle les rangeait soigneusement sur la nappe, pour qu'il puisse ensuite les remonter dans l'ordre.
– Ça se passe bien ? demandait Paul.
– Moui… Mais va donc me chercher l'alcool et le coton dans la trousse à pharmacie ! Il faut que je nettoie la plaie : c'est plein d'huile brûlée, je n'y vois rien.
– Et maintenant, tu y vois mieux ?
– Moui, moui… Oh ! Saperlipopette de sacré nom d'un chien ! Qu'est-ce que c'est que ça ? Mais ça bloque tout !

– Que se passe-t-il, Grand-père ? demanda Perrine, affolée.
– Tout va bien, ma chérie. Mais je crois que nous sommes intervenus à temps. Un peu plus, et la Torpédo était fichue !

Grand-père travailla encore un bon moment. Quand il sortit enfin de sous la voiture, il était plein de cambouis, de terre et de brins d'herbe.
– Nous avons fait du beau travail, les enfants ! dit-il. Allons nous débarbouiller. Ensuite, nous ferons la fête.

Il était trois heures de l'après-midi. Ils

n'avaient pas encore mangé. Perrine mit des fleurs sur la nappe pour cacher les taches. Puis elle disposa les assiettes et les couverts de sa dînette.

Grand-père farfouilla un moment dans le coffre de la voiture. Il revint avec une petite valise en forme de sarcophage. A l'intérieur, il y avait une bouteille de vin.
– Chut, dit Grand-père, il ne faudra pas le dire à Grand-mère.

Il versa quelques gouttes de vin dans des verres de poupée et ils trinquèrent tous les trois à la santé de la Torpédo.

– Pourvu qu'elle remarche ! dit Paul.
– Nous allons bientôt le savoir, dit Grand-père. Remettons tout en ordre, nous allons la réveiller. Il ne faut pas la brusquer. Nous devons être spécialement gentils avec elle aujourd'hui.

Avec beaucoup d'émotion, chacun reprit sa place dans la voiture. Grand-père donna un coup de klaxon. D'habitude, ça faisait un raclement horrible, mais cette fois on entendit clairement :
– Heu-reux !

Le moteur démarra au quart de tour.
– Parés ? demanda Grand-père.
– Parés ! répondirent les enfants.

Il lâcha le frein à main, poussa le changement de vitesse et la voiture bondit... en avant ! Elle partit comme une fusée, dans une tempête de cris et un nuage de poussière. Elle était réparée !

Grand-père n'en revenait pas. Il avait du mal à la contrôler. Elle zigzaguait, sautait sur les cailloux, dérapait dans les virages.

— Saperlipopette ! s'écria le vieil homme. Je vais lui faire faire demi-tour pour la remettre dans le bon sens. Tenez-vous bien, les enfants, nous serons à la mer dans un instant !

Maintenant, ils n'avaient plus besoin de suivre les chemins de terre. Ils prirent la route nationale en direction de Saint-Malo. Et la Torpédo s'élança à soixante-dix kilomètres à l'heure.

— Si nous chantions, maintenant ? proposa Grand-père.

Sa voix s'éleva, douce et grave, et les enfants qui l'écoutaient n'en croyaient pas leurs oreilles :

— Le bon roi Dagobert a mis sa culotte à l'envers...

C'était la première fois que Grand-père chantait à l'endroit !

Dans la même collection
J'aime lire

LES TROIS AMIS DU PRINCE NICOLAÏ
Le triomphe de l'amour

La princesse Assia est si belle que tous les princes rêvent de l'épouser. Hélas, elle a reçu un mauvais sort : elle disparaît toutes les nuits. Le roi la promet en mariage à celui qui réussira à empêcher sa disparition trois nuits de suite. Tous ceux qui ont échoué ont eu la tête coupée. Au désespoir de ses parents, le prince Nicolaï veut tenter sa chance. En route pour le château, il rencontre trois mendiants qui ont chacun un pouvoir magique.

Une histoire écrite par Chantal de Marolles
illustrée par Philippe Fix.

L'OURSE GRISE
Les nuits du chasseur

Je m'appelle Patrick, j'ai 11 ans, et je pars seul chez mon oncle Gérald que je n'ai jamais vu. Il habite très loin, dans un château immense, perdu au milieu d'une forêt. Vous n'auriez pas un peu peur à ma place ? Surtout lorsqu'au milieu du dîner, deux yeux jaunes et des coups frappés au carreau entraînent Oncle Gérald dehors, dans la nuit, armé de son fusil...

Une histoire écrite par Chantal de Marolles
illustrée par Edda Köchl.

LES LILI MOUTARDE

Un trio diabolique

Dans la famille Moutarde, à Dijon, il y a quatre Lili. Une grande Lili, l'aînée. Et trois petites Lili triplées qui n'arrêtent pas de chahuter, de farfouiller et de réclamer des bisous. Tant et si bien que leur grande sœur, exaspérée, décide un jour de les envoyer au diable… Et le pire, c'est qu'elles atterrissent chez le diable !
Qui sera le plus diabolique ? Le diable ? ou les trois Lili ?

Une histoire écrite par Évelyne Reberg
et illustrée par Jean-Marie Renard.

PATATARTE

Un petit garçon à croquer

La mère Pancroque, très bonne patissière, a fabriqué un adorable petit garçon en pâte à tarte et fruits confits. Par amour, elle lui interdit de sortir : il est appétissant et elle sait les enfants gourmands. Mais Patatarte s'ennuie. Inconscient du danger, il désobéit et s'enfuit à la découverte du monde.

Une histoire écrite par Gérard Pussey
et illustrée par Irène Stegmann.

Achevé d'imprimer en avril 1993 par Ouest Impressions Oberthur
35000 Rennes - N° 14022
Dépôt légal éditeur n° 1491 - Avril 1991
Imprimé en France